AF360156

DANTE

ET SA COMÉDIE

PAR

F. G. BERGMANN

DOYEN DE LA FACULTÉ DES LETTRES DE STRASBOURG

(EXTRAIT DU BULLETIN DE LA SOCIÉTÉ LITTÉRAIRE DE STRASBOURG)

STRASBOURG

IMPRIMERIE DE VEUVE BERGER-LEVRAULT

1865

A LA MÉMOIRE

DE MON MAITRE CLAUDE FAURIEL

ET

DE MON AMI EDMOND ARNOULD

F. G. BERGMANN

DANTE ET SA COMÉDIE.

Depuis le quatorzième siècle jusqu'à nos jours, la Comédie de Dante a été l'objet d'un grand nombre de commentaires, et l'on aurait mauvaise grâce d'insinuer que, par ces ouvrages nombreux, l'intelligence de ce poëme n'ait pas été considé- rablement avancée. Mais ce qui est incontestable, c'est que la Comédie n'est pas encore exactement comprise comme elle devrait l'être. Pour s'en convaincre, on n'a qu'à se rappeler l'incertitude où se trouvent, de leur propre aveu, les littérateurs de nos jours, jusque sur le but de ce poëme, et même sur le genre littéraire auquel il doit être rattaché. Lamennais abandonne, comme un problème presque insoluble, la question de savoir si la Comédie est ou n'est pas une épopée.[1]

Pour nous, nous dirons, sans crainte de nous tromper, que cette œuvre poétique n'a aucun des caractères distinctifs de l'épopée, qu'il faut définir comme étant le récit poétique d'un événement[2] jugé tellement important par la tra-

---

1. Lamennais dit : « Nous laissons aux critiques le soin de discuter si la Divine. Comédie *est ou n'est pas une épopée* », etc.

2. L'*événement* diffère de l'*action* en ce qu'il est ce qui *arrive*, c'est-à-dire qu'il est la résultante des actions combinées, ordinairement opposées, de plusieurs individus et d'un concours de circonstances indépendantes de l'homme ou contraires à son intention, à sa volonté *individuelle*. L'événement étant au-dessus et indépendant de l'action humaine individuelle, on le considère comme amené par des puissances surhumaines appelées Dieux, Démons, Divinité, Destin, Hasard. L'*action*, au contraire, est le produit de la volonté d'un seul individu qui, agissant avec intention, soit qu'il réussisse, soit qu'il échoue, porte entièrement la respon-

dition, qu'elle le suppose avoir été dirigé par des puissances surhumaines moyennant l'action d'un ou de plusieurs héros agissant sous l'impulsion de ces puissances.

La Comédie de Dante n'est pas même un poëme épique ou narratif destiné à intéresser par le récit d'un événement où l'homme est représenté aux prises avec les forces sur-

sabilité *morale* de son action. Dans l'humanité, l'idée de l'événement a été conçue avant l'idée de l'action; aussi la poésie racontant des événements est-elle antérieure à la poésie représentant une action. Comme, dans l'événement, l'action attribuée aux puissances surhumaines domine naturellement l'action subordonnée de la volonté humaine, les traditions *mythologiques* ou *religieuses*, dans l'antiquité, non-seulement se mêlent aux traditions humaines ou *épiques*, mais tendent à les absorber et à confondre de nouveau la distinction établie par les Grecs entre le *muthos* (tradition divine) et l'*épos* (tradition humaine). Cependant, comme le *muthos* appartient plutôt à la religion qu'à la poésie, et que la poésie, s'occupant plutôt de l'homme que de la divinité, traite aussi plutôt l'*épos* que le *muthos*, on a raison de désigner la poésie narrative, qui raconte les événements, sous le nom de poésie *épique*. Comme genre, la poésie épique, *racontant* des événements, est opposée à la poésie *lyrique* qui *chante*, c'est-à-dire exprime les sentiments inspirés par un événement ou une action, et à la poésie *dramatique*, qui *représente* une action soit historique, soit fictive. La poésie épique, qui comprend, comme espèces, l'épopée, l'épos ou le poëme épique, le roman, la nouvelle et même l'anecdote, devrait, d'après l'idée du genre, raconter, non des actions, mais des événements, tandis que la poésie dramatique devrait représenter non des événements, mais uniquement des actions. Mais dans l'antiquité, entre autres chez les Grecs, les sujets tragiques étant empruntés aux récits mythologiques, la tragédie et par suite la comédie, comme genre dramatique, ne se sont pas toujours complétement détachées de la poésie épique, de sorte qu'au lieu de représenter une action, elles racontent souvent, sous forme dramatique, des événements tragiques, comiques ou romanesques. C'est seulement depuis le seizième siècle que l'idée du genre dramatique, sans mélange épique, se produit dans les meilleures pièces de Shakespeare et se maintient dans les chefs-d'œuvre de Corneille. Dans l'origine, la poésie narrative ne prit pour sujet que les traditions ayant une importance générale; c'est pourquoi l'épopée, ou l'espèce la plus ancienne de la poésie épique, a été le récit poétique d'un événement emprunté aux traditions *nationales*. Or, les anciennes traditions natio-

humaines des passions du monde ou avec les accidents de
la vie.

Dante, dans sa Comédie, ne veut raconter ni un événement quelconque, ni des faits devant intéresser pour euxmêmes; il s'y propose d'exprimer des idées sur des faits,
c'est-à-dire d'enseigner ou d'émettre, sous forme poétique

---

nales appartiennent naturellement à l'âge *héroïque* des peuples. C'est
pourquoi l'épopée a pris par cela même un caractère *héroïque*. Si l'événement important choisi par le poëte n'appartient pas à l'âge héroïque,
mais à l'histoire traditionnelle ou contemporaine, le poëme qui le raconte,
tel que, par exemple, la *Pharsale* de Lucain, n'est pas une véritable épopée, mais seulement un *épos* ou un poëme épique proprement dit. Si,
au lieu d'un événement grand et généralement important, le poëte ne
raconte que des aventures chevaleresques ou un événement romanesque
concernant seulement un individu, soit historique, soit fictif, son œuvre,
qu'elle soit en vers ou simplement en prose, n'est pas un *épos*, un poëme
épique, mais un roman chevaleresque ou bourgeois. Comme l'épopée
raconte un grand événement jugé tellement important qu'il est censé dirigé
par des puissances surhumaines, l'action surnaturelle de ces puissances
n'y est pas simplement un ornement poétique, fortuit ou accessoire, c'est
l'essence même, la condition ou le caractère distinctif de cette espèce de
poésie épique, de sorte qu'une épopée, dont on retrancherait ces actions
merveilleuses ou influences surhumaines, tomberait au rang de l'*épos* ou
même du simple roman. Le merveilleux qui résulte de l'action des puissances surhumaines d'un rang *inférieur*, telles que Démons, Génies,
Esprits, Nymphes, etc., est encore de mise dans l'*épos* ou poëme épique,
si la croyance à ces êtres surhumains existe réellement dans la religion
populaire de l'époque. Mais le merveilleux doit s'effacer complétement
dans le roman moderne qui montre l'homme luttant, non avec des puissances surhumaines proprement dites, mais seulement avec les passions
des hommes et les incidents du simple hasard, lequel est toujours une espèce de puissance surhumaine, en quelque sorte une fatalité ou un Destin
au petit pied. L'épopée étant, comme toutes les espèces de poésie épique,
le récit d'un événement et non d'une action, les héros qui y figurent,
quelques hommes d'action et d'initiative qu'ils soient, n'y sont cependant
que des instruments agissant sous l'impulsion et d'après la volonté des
puissances surhumaines. Aussi le pieux Énée qui, soumis à la volonté de
sa mère, exécute le plan tracé par le Destin, est-il un héros d'épopée tout
aussi bien conditionné que le bouillant Achille ou l'entreprenant Ulysse.

et quelquefois moyennant le récit d'événements et de faits historiques, des vérités grandes et importantes dans l'ordre moral et politique; elle n'est donc pas du genre narratif ou épique, mais elle appartient essentiellement et exclusivement au genre didactique. Nous allons prouver que c'est de ce point de vue qu'il faut envisager ce poëme, si l'on veut le comprendre parfaitement. Devant nous renfermer ici dans des limites peu étendues, tout en embrassant ce vaste sujet dans son ensemble, nous résumerons nos études en montrant comment Dante a été amené à concevoir et à composer sa Comédie. L'histoire politique et littéraire des treizième et quatorzième siècles nous expliquera le poëte, et l'histoire du poëte nous fera comprendre son œuvre.

Dante naquit en 1265, à l'époque où le moyen âge, ayant dépassé son apogée et produit presque tout ce dont il avait été capable, abandonna en partie ses tendances, et commença à inaugurer, en Italie, les aspirations et les destinées des temps modernes. L'œuvre de notre poëte résumera donc le moyen âge; il en reproduira et les grandeurs et les insuffisances. Dante naquit dans la république de Florence, à l'époque où la féodalité germanique, qui avait succédé à l'ancien système municipal romain, allait crouler en Italie, sans pouvoir être remplacée par la monarchie qu'on repoussait, ni par le régime constitutionnel qu'on ignorait encore. L'Italie, qui marchait à la tête de la civilisation, commença cette longue période de déchirements intérieurs et de luttes stériles qui dure encore aujourd'hui. Dante, citoyen d'une république, sera appelé au gouvernement de sa commune, et lorsqu'il voudra porter remède aux maux de sa patrie, il sera victime de son patriotisme. Issu d'un aïeul paternel originaire de Rome, et d'un aïeul maternel appartenant à l'illustre famille lombarde des Adilgiers ou Allighieri, Dante avait dans ses veines à la fois du sang romain et du sang germanique. Il maintiendra, comme philosophe et comme homme d'État, le principe de l'autorité, tel que l'ont établi l'empire et le droit romains, et il adoptera, en morale, certains principes du droit germanique opposés à ceux de la législation justinienne. Si son nom de famille, l'*Allighiero*, est lombard et germanique, son nom personnel de *Dante*, formé par contraction de *Durante* (Durand, Persévérant), est d'origine romane.

Dante, enfant, trouva répandue dans son pays, et comme à la mode, la poésie lyrique des *sonnets* et des *canzone*. Tout jeune encore, il sera, lui aussi, poëte *lyrique;* il imitera, comme tout le monde, la poésie provençale des Troubadours; et avant de transformer cette poésie, il en reproduira fidèlement les caractères distinctifs. Quels ont été ces caractères? et comment se sont-ils constitués tels dans l'histoire? C'est ce qu'il importe d'exposer ici brièvement.

De même que la population de la Provence s'était formée d'éléments gaulois et gréco-latins, auxquels sont venus se joindre ensuite des éléments germaniques, de même la poésie des Troubadours provençaux s'est formée d'abord d'éléments appartenant à l'ancienne poésie lyrique gréco-latine et gauloise, et elle s'est modifiée, dans la suite, sous l'influence des caractères propres à l'ancienne poésie lyrique des Germains. La poésie érotique gréco-latine ayant chanté un amour qui n'était guère autre que sexuel, l'ancienne poésie provençale, suivant ces errements, continua sur ce ton quelque peu vulgaire dans les chansons qu'on appelait *serenas* (sérénades), *albas* (aubades), *baladas*, *carols*, etc. La poésie gauloise entra également dans cette voie; car les Gaulois, eux aussi, ne voyaient dans l'amour que la passion sexuelle, au point que ceux qui, en Gaule, visaient à la perfection morale, tels que les Druides et les Druidesses, rejetaient l'amour comme quelque chose d'essentiellement impur, et vivaient dans le célibat. Plus tard encore, nous voyons, dans les romans du cycle breton, l'amour de Lancelot et de Ginevra, de Tristran et d'Isolde, dépourvu de tout ce qui pouvait lui donner quelque relief moral et poétique. Les Germains de la Provence, sortis des pays situés plus au nord, où l'opposition entre le triste hiver et la belle saison était fortement marquée, chantaient dans leurs poésies lyriques les fêtes du printemps, lesquelles étaient en même temps les fêtes des divinités printanières présidant à la renaissance de la nature et à l'amour physique[1]. Cet amour ainsi sanctifié par la religion païenne et épuré ensuite par le christianisme, donna un caractère plus relevé à la poésie érotique des Germains immigrés en Gaule, et détermina le caractère mystique et idéal de la poésie provençale du moyen âge.

Tels étaient les différents éléments gréco-latins, gaulois et germaniques, dont s'était formée la poésie lyrique en Provence, lorsque l'esprit du système féodal, qui s'y établit, les modifia en les combinant, et leur imprima un nouveau caractère tout particulier emprunté à ce système social. En effet, d'après ce système, le chevalier vassal devait hommage, amour et respect, non-seulement à son seigneur et maître, mais aussi à la femme de son seigneur, c'est-à-dire à sa maîtresse, dans le sens hiérarchique, ou à sa *dame* (lat. *domina*, ital. *donna*, all. *Frau*). La poésie qui, par sa nature, est appelée partout, comme la morale, à embellir, à idéaliser et à sanctionner tous les rapports moraux qui existent entre les hommes, dut prendre dès lors aussi, pour sujet de ses chants, la *dame*, c'est-à-dire non pas la femme

---

1. Le *Minnegesang* des Allemands, dans lequel le printemps et l'amour sont ordinairement chantés ensemble, est, quant au *fond*, la continuation et le développement organique de l'ancienne poésie lyrique religieuse du paganisme germanique; mais quant à la *forme*, il a subi l'influence de la poésie lyrique des Troubadours.

qui avait été l'objet de la poésie érotique des Gréco-Latins
et des Gaulois, mais la maîtresse (*domina*) qui, en vertu de
la hiérarchie sociale, avait droit à l'hommage, c'est-à-dire
au respect, au dévouement, à l'amour de tout galant homme.
Comme, d'après son principe et par sa nature, la galanterie
excluait toute passion amoureuse, et était un hommage dû
et rendu à la dame pour ses qualités soit supposées, soit
réelles, on comprend que l'hommage de cette poésie galante se conciliait parfaitement bien avec le respect des droits
exclusifs et inviolables du mari, et qu'il pouvait être franchement avoué et exprimé dans les chants des Troubadours.
On comprend aussi que la galanterie et même le sigisbéat
ont pu s'établir et se maintenir dans les mœurs des peuples
méridionaux, bien que ceux-ci soient si jaloux par tempérament, et si chatouilleux au sujet de l'honneur conjugal. Cependant, il faut en convenir, la galanterie n'est que rarement
pratiquée d'après son idée véritable et dans la pureté de son
principe, car elle se trouve placée sur une pente dangereuse,
où l'hommage respectueux, dû à la dame, court sans cesse
risque de tourner en une passion érotique, s'adressant à la
femme. Aussi est-il arrivé que dans les mœurs de la société
et dans la poésie galante, l'amour sexuel s'est souvent dé-
guisé sous les formes mensongères d'une galanterie permise;
et c'est pourquoi l'on est en droit de porter sur la poésie
des Troubadours deux jugements diamétralement opposés
l'un à l'autre, selon qu'il s'agit de chants d'amour qui res-
pirent ce que la galanterie a de plus suave et de plus idéal,
ou qu'il s'agit de poésies qui cachent mal une passion impure
et adultère.[1]

La poésie galante des Troubadours provençaux fut imitée

---

1. Voy. E. J. Delécluze, *Dante Alighieri ou la Poésie amoureuse*, *passim*.

en Italie, et y devint tellement à la mode qu'elle y fut cultivée non-seulement par des poëtes de profession, mais encore par tous les jeunes gens qui avaient reçu une éducation quelque peu littéraire. Il y avait même des enfants qui, sans arrière-pensée amoureuse, suivaient l'exemple général et chantaient leur petite maîtresse dans des phrases stéréotypées et dans un style traditionnel. De ce nombre fut aussi Dante, qui, à l'âge de dix ans, ayant vu une enfant plus jeune que lui d'un an, Béatrice, la fille de Folco Portinari, la prit pour sa dame, et plus tard encore, adolescent, fit d'elle l'objet de ses hommages poétiques dans ses sonnets et dans ses *canzone*. Cet amour de Dante pour Béatrice n'avait rien de la passion érotique allumée quelquefois dans les sens par l'ardeur de la jeunesse; c'était un véritable amour d'adolescent, c'est-à-dire une affection pure et virginale, où les sens sont comprimés par le respect qu'inspire la jeune fille aimée au jeune homme, qui adore en elle le type de la vertu et de la perfection ou le symbole vivant de ce qu'il considère comme beau, noble et divin. Aussi, si l'on jugeait les sonnets et les *canzone* de Dante, jeune homme, du point de vue de la poésie amoureuse ordinaire, on trouverait sans doute l'expression de cet amour sinon fausse et froide, du moins trop raisonnée et, par suite, prosaïque. Mais si l'on envisage ces poésies comme exprimant un amour idéal, on avouera qu'elles sont charmantes de candeur et de grâce, et, par conséquent, pleines de poésie et d'édification. Il est vrai que l'amour exprimé dans les poésies de Dante n'était déjà plus simplement l'amour galant tel qu'il était chanté par les Troubadours; c'était un sentiment déjà plus épuré. En effet, guidé par la philosophie de Platon, initié à l'amour mystique d'un saint François d'Assisi, et inspiré par le culte religieux de la sainte Vierge, Dante avait conçu, comme seul objet digne de ses chants, ce qu'il appela l'*intellect de l'amour* (*intelletto d'a-*

more), ce qui était synonyme de *véritable* amour. Il fonda, avec quelques jeunes gens de ses amis, la confrérie des *Fidèles d'Amour* (*Fedeli d'Amore*), lesquels faisaient vœu d'être fidèles à l'amour des choses divines et métaphysiques, dont les nobles dames, chantées dans leurs poésies, étaient pour eux les symboles visibles et terrestres. Dante voyait, par conséquent, dans Béatrice l'objet de son amour métaphysique, le symbole adorable des grandes vérités du dogme et des saintetés de la morale chrétienne ; elle devint pour lui, comme il le dit lui-même, un reflet de la très-sainte Trinité ; elle devint, en un mot, la personnification et l'incarnation du génie du christianisme, donnant à ses adorateurs ou amants la béatitude, comme l'indiquait le nom de la bien-aimée, le nom de *Béatrice*, qui la désignait comme la rédemption du mal, et comme la source de tout bonheur temporel et éternel. Aussi, lorsque Béatrice, mariée depuis trois ans à Simone di Bardi, mourut en 1291, Dante, qui n'avait éprouvé pour elle d'autres sentiments que ceux du *véritable amour*, ne la pleura pas, dans ses vers, avec les accents douloureux d'un amant au désespoir ; il déplora seulement le malheur du monde terrestre qui avait perdu en elle son guide, sa lumière et sa gloire, et il se proposa dès lors de composer un poëme où il chanterait Béatrice d'une manière encore plus digne d'elle qu'il ne l'avait fait dans ses sonnets et ses *canzone*, et où il la représenterait directement comme le Génie du christianisme, comme la rédemption, le salut et la béatitude de sa vie terrestre.

Mais comment Dante conçut-il l'idée d'un poëme devant célébrer Béatrice transfigurée en Génie du christianisme ? Depuis l'âge de seize ans, il avait commencé, à Florence, de fortes études en théologie et en philosophie, en jurisprudence et en histoire, en médecine et en sciences physiques et naturelles, et il les avait continuées et achevées, plus tard, à Bologne et à Paris. Un de ses maîtres, *Brunetto Latini*, avait composé deux poëmes didactiques : le *Petit Trésor* (*Tesoretto*), en langue italienne, et le *Trésor*, en langue d'oïl. Dans ces poëmes, ce savant avait déposé les richesses de sa science encyclopédique, revêtues des formes de la poésie allégorique qui étaient généralement usitées de son temps. Dante, guidé par l'exemple de son maître, conçut également le plan d'un poëme *didactique ;* et il s'y proposa de prouver que toutes les parties de la science universelle concourraient à confirmer les grandes vérités salutaires du christianisme, dont le génie, d'après sa supposition poétique, s'était incarné et révélé dans sa dame, dans Béatrice[1] qui, par sa vie et par sa mort, était devenue, pour notre poëte et pour le monde entier, la lumière conduisant à la béatitude. Ce poëme projeté par Dante fut d'abord conçu par lui uniquement dans le but d'enseigner, sous une forme poétique, les vérités de la théologie, de la philosophie et de la science, sans application directe et particulière de cet enseignement à l'état

1. Ces personnifications (qui est-ce qui ne le sentirait pas ?) sont naturelles à toutes les époques, et se retrouvent partout où il y a des âmes poétiques et passionnées qui voient dans les grands talents et les nobles vertus de la femme des manifestations et comme des incarnations ou avatares de la divinité. Quand Consuélo chanta un psaume de Marcello devant ce maëstro lui-même, « un feu divin monta à ses joues, et la flamme sacrée « jaillit de ses grands yeux noirs, lorsqu'elle remplit la voûte de cette voix « sans égale et de cet accent victorieux, pur, vraiment grandiose, qui ne « peut sortir que d'une grande intelligence jointe à un grand cœur. Au « bout de quelques mesures d'audition, un torrent de larmes délicieuses « s'échappa des yeux de Marcello. Le comte Zustiniani, ne pouvant maî- « triser son émotion, s'écria : Par tout le sang du Christ, cette femme est « belle ! c'est sainte Cécile, sainte Thérèse, sainte Consuélo ! *c'est la poésie,* « *c'est la musique, c'est la foi personnifiées !* » (Consuélo, de G. Sand.) Dante voyait dans Béatrice, la *Béatifiante* (Béatrice) ou le Génie du christianisme ; pourquoi Zustiniani n'aurait-il pas dû voir dans *Consuélo* un autre Paraclet, la sainte *Consolation* (Consuélo), la personnification de la vraie Musique qui *console* et apaise les profonds tourments de l'âme et du cœur ?

social, moral et politique de Florence ou de l'Italie contemporaine. Aussi, le destinant plutôt aux savants qu'au peuple, entreprit-il de le composer en langue *latine*. Il en composa quelques chants, dont il ne nous reste plus que quelques hexamètres. Mais les circonstances politiques qui causèrent les malheurs de la vie de Dante, non-seulement interrompirent cette composition, mais influèrent aussi sur le but de ce poëme, au point que, tout en maintenant le caractère *didactique* et *encyclopédique* de cette œuvre, le poëte en changea le point de vue ou le but purement *théorique* en un but directement *pratique*, et résolut dès lors de présenter cet enseignement de manière à ce qu'il servît de remède contre ce qu'il considérait comme les erreurs et les malheurs de l'état social et politique de la commune de Florence en particulier, et de l'Italie en général. En effet, Dante, affligé des déchirements de sa patrie, avait cherché un remède contre cette anarchie, et il s'était formé par ses études une *doctrine* politique, une espèce de doctrinarisme, dans l'application immédiate duquel il croyait trouver le véritable moyen de sauver son malheureux pays. Il était persuadé que le christianisme pratiqué sincèrement, dans le sens de Jésus et de ses apôtres, remédierait à tous les maux, et que, si le pape et l'empereur qui, selon lui, étaient l'un et l'autre d'institution divine, remplissaient chacun son devoir, les partis qui déchiraient l'Italie et qui étaient la cause principale des malheurs publics, seraient contenus ou anéantis, d'un côté, par l'ascendant du pouvoir spirituel, de l'autre, par la force du glaive temporel. Il était persuadé que les partis, qui s'entre-déchiraient en Italie, provenaient d'abord de ce que la France, pour amoindrir l'empereur, fomentait dans la Presqu'île les dissensions politiques dans l'intérêt de son ambition et de son orgueil; ensuite, de ce que le chef du Saint-Empire romain germanique négligeait de maintenir son autorité sacrée, et abandonnait lâchement ses véritables amis, les partisans de l'ordre et des franchises municipales; enfin, de ce que le pape, au lieu d'être le guide spirituel et le pacificateur des peuples, intriguait, avec tous les partis, pour usurper l'autorité temporelle, en cherchant à anéantir l'influence salutaire du pouvoir impérial. Ayant ces convictions, Dante ne pouvait être d'aucun des trois partis qui dominaient, de son temps, en Italie; il n'appartenait, comme il l'a dit lui-même dans son poëme, *qu'à son propre parti.*

Si l'on appelle *doctrinaire* l'homme d'état qui croit que le gouvernement doit se diriger, non d'après la volonté, quelle qu'elle soit, des gouvernés, mais d'après les prescriptions d'un système ou d'une doctrine politique, il faut dire que Dante, au moment où il fut appelé aux affaires publiques, appartenait au doctrinarisme. Entré, en 1300, dans le Priorat, la plus haute charge dans la commune de Florence, il fit une guerre à outrance au parti français, au parti romain, et au nouveau parti municipal divisé, lui-même, en parti de l'ancienne noblesse urbaine, et en parti de la nouvelle noblesse campagnarde[1]. Au lieu de chercher avec une tactique habile à anéantir ces partis l'un par l'autre, il s'attaqua franchement et ouvertement à tous à la fois, de sorte qu'il eut tous pour ennemis et aucun d'eux pour allié. Dante dut succomber en peu de temps sous les coups d'aussi nombreux adversaires. — Pour l'éloigner de Florence, les partis coalisés lui firent donner la mission d'aller traiter avec le pape contre la France; à Rome, où le pape conspirait avec la France contre l'empereur, l'ambassadeur florentin fut retenu sous de vains prétextes, jusqu'à ce que Charles d'Anjou fût entré, par intrigue, dans Florence[2]. Le parti vainqueur dans cette

---

1. Voy. Hillebrand, *Dino Compagni*, *passim.*
2. Voy. Artaud de Montor, *Histoire de Dante Alighieri*, p. 117 et suiv.

ville fit accuser de baraterie Dante absent pour le service de la commune; ses biens furent confisqués, lui-même condamné à l'exil, et menacé du dernier supplice s'il osait revenir à Florence. Dante ne revit dès lors plus sa ville natale; il resta exilé jusqu'à sa mort, qui vint le délivrer de ses misères en 1321.

Sa défaite et sa chute si promptes et amenées par des trahisons aussi odieuses, redoublèrent dans l'âme de Dante sa haine contre les différents partis qu'il avait projeté de combattre et d'anéantir. Mais cette juste haine s'affaiblit bientôt par l'effet ou sous la pression des malheurs qu'il eut à endurer. Elle se modéra du moins au point que, dans son poëme qu'il composa dans son exil, Dante ne songea plus à s'attaquer à aucun de ses ennemis personnels, et qu'il ne trouva des paroles quelque peu dures que contre ceux qui représentaient, selon lui, les partis dont l'égoïsme avait sacrifié les intérêts sacrés de la patrie et de la religion. Les défaites politiques, suivies de malheurs, font rentrer, naturellement, en eux-mêmes, ceux qui les éprouvent, et les portent à examiner, dans leur conscience, si la cause pour laquelle ils souffrent, est réellement celle de la vérité et de la justice, ou bien la cause de la passion d'un esprit égaré ou d'un cœur égoïste. Cet examen de conscience détruit nécessairement tout ce qu'il peut y avoir d'illusoire ou de mensonger en nous; car nul ne voudra par entêtement ou de gaîté de cœur sacrifier sa personne ou sa fortune à une erreur qu'il aura clairement reconnue. Mais si, dans cet examen suprême, nos convictions, qu'elles soient justes ou erronées, se maintiennent, alors elles se changent en cette foi inébranlable qui fait dans l'histoire les héros et les martyrs. Dante, étant tombé dans le malheur, se livra de nouveau à la réflexion, dont l'exil lui fournit abondamment le loisir et l'occasion. Il se demanda si ses convictions politiques méritaient qu'il en devînt le martyr. Il se mit de nouveau à étudier toutes les grandes questions concernant le salut de l'individu et des peuples; et s'étant raffermi dans la conviction que le malheur social et moral de sa patrie provenait de ce que le monde, à commencer par le pape et par l'empereur, n'observait pas les principes dé l'Évangile, il reprit avec une nouvelle ardeur la résolution de prêcher la véritable foi au monde égaré et corrompu. Il reprit, par conséquent, la composition de son poëme didactique qu'il avait commencé et qui devait être la glorification de Béatrice ou du Génie du christianisme; mais il le reprit, cette fois-ci, non plus, comme antérieurement, au point de vue purement théorique, soit théologique ou philosophique, mais au point de vue de l'application directe à l'état social et politique de son temps et de son pays, de sorte qu'il résolut de composer un grand poëme didactique, didactique au point de vue de la morale sociale et des vrais principes du gouvernement.

Posons ici la question préalable. Ce poëme didactique, projeté par Dante, ne renfermait-il pas, déjà dans sa conception, une contradiction entre le but et la forme de la poésie qu'il adopta, et le but et la forme de l'enseignement scientifique qu'il voulait y donner? Certes, en thèse générale, la poésie didactique, par sa nature même, renferme une contradiction entre les éléments qui la constituent; ce genre se trouve dans la position fausse de ne pas pouvoir satisfaire entièrement, par le fond et par la forme, ni aux exigences rigoureuses de la science sérieuse, ni aux conditions esthétiques de la vraie poésie. Mais rappelons-nous qu'il y a dans la science certaines parties, précisément les plus élevées de toutes, qui, par l'intérêt universel qu'elles présentent, n'appartiennent plus à telle ou telle science spéciale, mais au domaine général de l'intelligence et de la morale, où toutes les sciences se touchent et s'unissent. Ces questions, étant

d'un intérêt universel, sont, par cela même, du domaine de
la poésie. Aussi, de tout temps, les poëtes n'ont-ils pas hésité
à faire de ces questions les sujets de leurs poëmes. Lucrèce
traite, dans son poëme didactique, la question la plus généralement débattue de la philosophie ancienne, la question
de savoir ce qu'il faut faire pour vivre en sage, libre de
toutes les craintes chimériques qui tourmentent le vulgaire.
Le *Faust* de Gœthe essaie de répondre à la question du dix-
neuvième siècle, à la question de savoir ce que doit faire
l'homme pour remplir sa véritable destinée, afin d'être vé-
ritablement heureux aussi bien dans cette vie que dans
l'autre.[1]

Dante s'est proposé un sujet analogue; il s'est proposé
de prouver dans son poëme que la source du bonheur temporel et éternel, pour l'individu et pour les nations, se trouve
dans la doctrine et dans la morale chrétiennes; et il a satisfait à la fois aux conditions de la science et de la poésie, en
choisissant ce sujet scientifique d'un intérêt universel, et en
le revêtant des formes poétiques usitées de son temps.

Suivant un usage littéraire généralement adopté pour tous
les genres de poésie, dans l'antiquité, en Orient, au moyen
âge, et même dans les temps modernes[2], Dante a renfermé
la partie didactique et principale de son œuvre, dans un
encadrement fictif, destiné à la fois à lui servir d'ornement
poétique, et à donner un caractère de démonstration et d'autorité, à l'enseignement qui y est contenu. Il a choisi avec
habileté, pour l'encadrement de son poëme, la fiction d'un
voyage, fait par lui-même à travers l'enfer, le purgatoire et
le paradis, et dans lequel il est supposé voir, entendre et ap-
prendre les vérités nécessaires pour le sauver d'abord lui-

1. Le *Faust* de Gœthe. dans son ensemble et son unité, est un poëme
didactique sous *forme dramatique.*
2. Voy. *La Fascination de Gulfi*, p. 61 et suiv.

même de l'erreur et du malheur, et dont il fait ensuite le sujet de son enseignement destiné à procurer aussi ce bonheur à tous ceux qui l'écouteront. De cette manière, l'enseignement donné par Dante, dans son poëme, est représenté comme une *révélation*, qui a été faite au poëte, dans les trois mondes, où finissent l'erreur, l'illusion et le mensonge, et où règnent la justice, la vérité et la sainteté; et Dante est ainsi supposé ne proclamer rien que ce qui, d'après le jugement de Dieu, manifesté dans les peines et les récompenses des trois mondes, est à considérer d'abord comme décidément mauvais, ensuite comme insuffisant pour le salut éternel, et enfin comme constituant la sainteté et la béatitude suprêmes.

Cette fiction d'un état extatique, pendant lequel certains individus auraient été transportés dans l'autre monde pour y recevoir des enseignements ou des révélations, a été connue et employée longtemps avant Dante, dans plusieurs écrits, en prose et en vers, de l'antiquité et du moyen âge chrétiens, et, sous ce rapport, il n'y a guère de vraiment original, ou appartenant en propre à notre poëte, que ce qu'il a imaginé et décrit concernant le purgatoire. Mais on s'est trompé étrangement en prenant cette fiction d'un voyage dans l'enfer, le purgatoire et le paradis, comme constituant la partie principale et essentielle du poëme de Dante; elle n'en forme qu'une partie accessoire, à savoir, l'encadrement dans lequel ce poëte a renfermé la partie essentielle, c'est-à-dire la partie *didactique* de son œuvre. C'est pour avoir confondu le poëme de Dante avec ce qui n'en est que l'encadrement, qu'un critique contemporain, Labitte, s'est avisé de donner le titre de : *La Comédie divine avant Dante*, à un écrit, d'ailleurs estimable, où il prouve que la fiction d'un voyage extatique dans l'enfer et le paradis, ou ce que ce littérateur considère faussement comme constituant le fond même de la Comédie de Dante, a existé sous des formes nombreuses analogues longtemps avant ce grand poëte florentin. Disons, pour rectifier l'erreur du critique, laquelle s'annonce jusque dans le titre de son écrit, que l'encadrement employé dans la Comédie de Dante n'est certes pas entièrement de son invention, mais que la *Comédie* ou le poëme lui-même est bien l'œuvre originale de ce poëte et n'appartient qu'à lui seul.

La fiction qui constitue l'encadrement de la Comédie, étant présentée sous la forme d'un récit que Dante fait de son voyage à travers l'enfer, le purgatoire et le paradis, cette fiction ou cet encadrement appartient naturellement à la poésie narrative ou épique, tandis que les enseignements, rattachés par le poëte au récit et aux incidents de ce voyage, c'est-à-dire le fond essentiel du poëme, appartiennent à la poésie didactique. Mais malgré la différence marquée, qui existe entre la forme épique de l'encadrement et le fond didactique du poëme, Dante a su fondre tellement, l'un dans l'autre, ces deux éléments différents, qu'il est difficile de les séparer l'un de l'autre, autrement que par la pensée. En effet, voulant donner une unité parfaite à son œuvre, le poëte florentin, tout en laissant au récit de l'encadrement son caractère épique et son sens littéral, a voulu cependant rapprocher ce récit épique du fond didactique du poëme, en lui donnant également, sinon un sens allégorique moral, du moins un but moral et didactique; et, à cet effet, il a représenté tout ce voyage dans l'enfer, le purgatoire et le paradis, comme une initiation de plus en plus élevée et intime aux vérités de l'ordre temporel et de l'ordre éternel, ou bien encore comme une ascension, par laquelle le poëte s'éloigne de plus en plus de l'erreur, la cause de ses calamités, pour s'élever de degré en degré à la vérité, qui devient la cause de sa béatitude. D'un autre côté, Dante a fondu la partie didactique ou le fond de son poëme, dans la partie épique ou dans le récit de l'encadrement, en rattachant ses enseignements jusques au récit qu'il fait des particularités et des incidents de son voyage. De cette manière, il a satisfait non-seulement aux exigences de la science, mais aussi à celles de la poésie; car la forme directe de l'enseignement, dans laquelle le but didactique, étant manifeste, risquait de tourner à la prose, a été remplacée, heureusement, par la forme indirecte, dans laquelle, comme cela convient au genre didactique, le but de l'enseignement est moins évident, et se plie mieux de la sorte aux conditions de la poésie.

Cependant, le plus souvent, l'enseignement est donné, dans la Comédie, d'une manière directe, et dans la forme strictement didactique[1]. Exceptionnellement, cet enseignement est présenté sous la forme, soit d'une vision allégorique, soit

---

1. L'enseignement des théories scientifiques de Dante est donné par lui directement, on dirait *ex professo*, sur l'astronomie (*Purgat.*, IV, 61-85), sur les taches de la lune (*Parad.*, II, 40-90), sur les lois de l'optique (*Parad.*, II, 91-111), sur la création (*Parad.*, XXIX, 16-81), sur la génération physiologique (*Purgat.*, XXV, 34-78), sur la nature de l'âme (*Purgat.*, XXV, 67-108), sur la psychologie (*Purgat.*, IV, 1-12), sur l'instinct et l'ordre naturel (*Parad.*, I, 103-138), sur la liberté (*Purgat.*, XVI, 67-94), sur le libre arbitre (*Purgat.*, XVIII, 49-73), sur les miracles (*Parad.*, XXIV, 100-111), sur la prière (*Purgat.*, VI, 34-46), sur le mal et ses degrés (*Enfer*, XI, 76-109; *Purgat.*, XVIII, 91-139), sur la philosophie de l'histoire (*Parad.*, VI, 1-111), sur le monachisme (*Parad.*, XXII, 73-96), sur saint François et saint Dominique (*Parad.*, XI, 35-139), sur les deux pouvoirs (*Purgat.*, XVI, 97-112), sur l'histoire de l'ancienne et de la nouvelle Alliance (*Purgat.*, XXIX, 73-154), sur le Crédo du chrétien (*Parad.*, XXIV, 130-150), etc.

La Comédie étant, jusqu'à un certain point, le résumé de la science encyclopédique que Dante apporte à l'appui des vérités morales et politiques qui sont le sujet principal de son poëme, il serait facile d'extraire de cette œuvre ce qu'on pourrait appeler la théologie, la médecine, la jurisprudence, l'astronomie, la cosmographie, la physique, etc., de Dante. Un commencement d'exposé systématique des idées de ce poëte a été fait, par rapport à la théologie et la philosophie, dans l'ouvrage d'Ozanam : *Dante et la philosophie catholique au treizième siècle.*

d'une parabole ou exemple historique. C'est ainsi que Dante,
pour exposer l'histoire de l'Église depuis son origine jusqu'au treizième siècle, résume les faits principaux dans une
vision, où se succèdent, comme dans une espèce de proces-
sion, de cortége ou de triomphe allégorique, les person-
nages principaux de cette histoire. Cette manière de représenter les faits historiques était empruntée, par Dante, au
livre de l'Apocalypse, et elle était généralement usitée, au
moyen âge, dans les représentations scéniques, où les per-
sonnages, leurs attributs et leurs actes avaient toujours une
signification symbolique ou allégorique. Bien que la signification de ces visions du poëme de Dante, ne soit intelligible
que pour celui qui connaît et l'histoire et le sens de ces symboles et de ces allégories, le but *didactique* en est cependant toujours manifeste, et il est même beaucoup moins caché
qu'il ne l'est dans les exemples ou paraboles historiques,
c'est-à-dire dans certains récits qu'on rencontre fréquem-
ment dans la Comédie, et que la plupart des lecteurs prennent
faussement pour des récits épiques, bien que ce soient des
paraboles historiques, c'est-à-dire des histoires racontées
par le poëte comme des exemples, énonçant une vérité de
l'ordre moral ou social, et devant servir aux hommes d'aver-
tissement ou d'enseignement. Tels sont, par exemple, les
prétendus récits épiques de Françoise de Rimini et du comte
Ugolino, qui ont été si souvent cités mal à propos et si rarement compris, qu'il importe d'en démontrer le caractère et
le but essentiellement didactiques. Pour expliquer d'abord le
premier récit, celui de Françoise, disons que Dante, dont la
moralité était aussi forte que sa foi religieuse, voyait autour
de lui une littérature immorale et corrompue; il voyait des
poésies lyriques glorifiant la luxure, l'impudicité et l'adultère;
il voyait des romans, surtout ceux du cycle d'Arthur, et
particulièrement les romans de Tristran et d'Isolde, et de

Lancelot et Ginevra, aussi remarquables par l'imagination sensuelle, ardente et brillante, qui y règne, que pernicieux par l'absence totale qu'on y remarque de toute délicatesse, de toute loyauté, et de tout sens moral. Il voyait le roman de *Lancelot et Ginevra*, que le poëte Arnault avait traduit en langue provençale, lu avec avidité par les dames et les jeunes gens en Italie. Il voyait enfin des contes et des nouvelles, imitées des Trouvères français, dans le genre frivole de ceux qui furent racontés plus tard par Boccacio, et dont le récit spirituel et élégant était fait avec une insouciance morale déplorable. Dante, persuadé que cette littérature et poésie romanesque était pour beaucoup dans la dépravation des mœurs de son temps, voulut préserver ses contemporains de l'influence pernicieuse de ces productions littéraires, en montrant, par un exemple frappant, pris dans l'histoire contemporaine, et connu de tous ses lecteurs, comment deux personnes honorables et honnêtes, qui n'étaient plus bien jeunes, et qui depuis plusieurs années étaient liées chastement ensemble par des rapports de parenté, comment dame Françoise, mariée depuis douze ans à Gianciotto de Malatesti, et son beau-frère Paul, frère de Gianciotto, furent séduits par la lecture du roman de Lancelot, et entraînés à commettre le péché mortel, qu'ils expient éternellement et justement dans l'enfer. Dante n'ayant d'autre but, en parlant de Françoise, que celui de prouver, par l'exemple de cette femme, que le roman est pour beaucoup de dames ce que *Gallehaut* fut pour la reine Ginevra, savoir, un séducteur et entremetteur, laisse naturellement de côté tous les détails de l'intrigue amoureuse de Françoise, et, dans son entrevue qu'il suppose avoir avec elle dans l'enfer, il lui fait dire principalement quelle a été la *cause* qui l'a poussée au péché. Or, comme cause de cette séduction, elle indique elle-même le roman de Lancelot et celui qui l'a écrit; livre et traducteur[1] qui, comme elle dit, furent, pour elle et pour son beau-frère Paul, *un autre Gallehaut*. On le voit donc, le récit de Françoise dans l'Enfer de Dante n'a pas les caractères d'un récit épique, devant intéresser pour lui-même, mais il est fait dans un but purement didactique.

Il en est de même du récit de la mort d'Ugolin et de ses descendants; c'est un exemple historique, qui est rappelé par Dante, pour servir de preuve à l'enseignement d'une vérité importante, longtemps méconnue dans le droit pénal. Aujourd'hui c'est un axiome dans la philosophie du droit pénal, que l'auteur d'un crime en est seul responsable, et doit seul l'expier par une peine. Mais dans l'antiquité et au moyen âge, on rendait solidaires, du crime commis, la famille et surtout les descendants du coupable. De là, dans l'histoire de ces temps, des atrocités judiciaires, et des vengeances privées exercées au nom de la justice. Telle était la justice pratiquée à Pise, en 1288, par l'archevêque Ruggieri, lequel, pour se venger de la trahison du comte Ugolino, le fit enfermer dans la prison de la ville, *avec ses deux fils et ses deux petits-fils*, et eut l'atroce barbarie de laisser mourir de faim ces enfants innocents avec leur père coupable. Dante qui, s'inspirant des principes du droit pénal germanique, considérait la trahison comme le plus noir et le plus infâme des crimes, n'éprouvait pas grande pitié pour le traître Ugolino de la Gherardesca, et il n'hésita pas à le placer

---

1. Bien que Dante ait en grande estime le poëte provençal Arnault Daniel (voy. *Purgat.*, XXVI, 115-120), le traducteur du roman de Lancelot et Ginevra, il n'hésite cependant pas à le placer dans le purgatoire parmi les poëtes *luxurieux*, qui y expient leurs fautes; et précisément par rapport à l'influence immorale qu'il a exercée par ses écrits, il lui fait dire ces paroles exprimant son repentir :

> Je suis Arnault qui *pleure*, et vais chantant;
> *Je vois, chagrin, la folie du temps passé,*
> Et vois, joyeux, la joie que j'espère un jour

au fin fond de son enfer, avec son ennemi l'archevêque Ruggieri, qui s'était également signalé par de nombreuses trahisons. Mais il jugea l'archevêque plus coupable que le comte,
parce que, à ses trahisons, il avait ajouté la férocité de faire
mourir, avec le père Ugolino, ses fils et ses petits-fils. Aussi
condamne-t-il l'archevêque à une peine plus affreuse encore que ne l'est celle du comte; il le représente subissant
la vengeance terrible, qu'exerce sur lui le comte Ugolino,
qui, avec acharnement, lui ronge le crâne. En retraçant ces
scènes, d'abord le tableau de la mort d'Ugolino, ensuite le
supplice de Ruggieri, l'intention du poëte consiste donc
principalement à faire ressortir la culpabilité de celui qui a
condamné à une mort affreuse les fils et les petits-fils du
comte de la Gherardesca. Aussi, laissant de côté, dans son
récit, tous les détails concernant la cause de l'inimitié qui
avait existé entre le comte et l'archevêque, Dante accentue,
pour ainsi dire, uniquement la partie de son tableau qui
concerne la mort des enfants innocents, et, résumant dans
ce sens sa pensée principale, il termine son récit par cette
apostrophe adressée à Pise.

> Que si le comte était réputé
>   D'avoir livré par trahison tes châteaux,
> Tu ne devais pas livrer ses fils à un pareil tourment :
> L'âge nouveau rendait innocents,
>   O nouvelle Thèbes! Uguccione et le Brigata,
> Et les deux autres que plus haut nomme ce chant.

Mais, en même temps que Dante prêche ce principe que
le coupable seul est responsable de son crime, et que, par
conséquent, la cité ne saurait être punie pour les méfaits de
son chef soit politique, soit spirituel, notre poëte, s'élevant
à une plus haute philosophie, proclame également que tous
les citoyens sont responsables des iniquités qui se commet-
tent dans la justice exercée au nom de l'État, et il prend

vivement à partie la ville de Pise, qui, en laissant condamner
à une mort injuste et affreuse, au nom de la justice pu-
blique, des enfants innocents de la trahison de leur père,
s'est rendue complice du crime de l'archevêque, et mérite
cette imprécation que le poëte lui lance en ces mots :

> Ah! Pise, opprobre des peuples
>   Du beau pays où sonne le *si*;
> Puisque à te punir tes voisins sont lents,
> Que la Capraïa et la Gorgona se meuvent
>   Et fassent une digue à l'Arno, à son embouchure,
> Pour, qu'en toi, tout vivant soit noyé.

Nous venons de montrer, sur deux prétendus récits épiques, sur les récits de Françoise de Rimini et d'Ugolino,
comment Dante sait enseigner jusque dans les parties narratives de son poëme, en imprimant à ces récits, présentés
comme des exemples, un caractère essentiellement didactique. Ceux qui, voyant faussement dans la Comédie de
Dante une épopée, prennent ces exemples didactiques pour
des récits épiques, ne s'aperçoivent pas, qu'envisagées
comme récits épiques, ces narrations seraient on ne peut
plus maladroitement composées. En effet, ce qui caractérise
le récit épique, c'est qu'il raconte les faits pour eux-mêmes,
et tâche, par conséquent, de les présenter d'une manière
aussi claire, aussi explicite, aussi intéressante que possible.
Les conditions et exigences d'une bonne narration épique
ont été énumérées dans ce vers mnémonique :

> *Quis, quid, ubi, qua vi, quoties, cur, quomodo, quando.*

Or, les récits de la Comédie ne satisfont que très-imparfaitement à ces conditions; ils sont incomplets, décousus,
inintelligibles pour ceux qui ne connaissent pas d'avance les
détails du fait, ou les circonstances de l'événement raconté.
Certes, Dante, ce puissant génie poétique, s'il avait voulu
raconter, en poëte épique, soit l'histoire romanesque de

Françoise, soit les luttes tragiques d'Ugolino, aurait su le faire aussi bien que Homère, Virgile, ou tel autre poëte épique éminent. Mais, voulant être poëte didactique, il raconte, non comme les poëtes épiques, les faits pour eux-mêmes, il les raconte conformément au genre didactique, en vue d'une idée, d'une vérité, d'un enseignement, auquel son récit doit servir d'appui et de preuve. Il se contente donc d'ébaucher les faits, ou de les rappeler brièvement, les supposant connus de ses lecteurs. Aussi les littérateurs qui vont jusqu'à citer les récits de Dante comme des modèles du récit épique, oublient complétement quelles sont les règles d'une bonne narration épique, et ils se livrent à une admiration irréfléchie, admiration qui se porte précisément sur ce qui, considéré de leur point de vue, ne la mérite aucunement. D'autres littérateurs, tout en prenant également le poëme de Dante pour un poëme épique, mais ayant cependant, sinon la connaissance, du moins le sentiment vague des règles et des conditions du récit épique, ont tâché de compléter, de refaire, de corriger en quelque sorte, ces récits censés incomplets et décousus de notre poëte didactique. C'est ainsi que Boccacio, le premier commentateur de la Comédie, lequel n'a pas eu assez de sens moral, ni une intelligence littéraire suffisante, pour comprendre Dante, a refait le récit de Francesca de Rimini, à sa manière, en véritable romancier et nouvelliste[1]. Pour donner à la fois de l'intérêt et la clarté nécessaire à l'histoire tragique de cette femme, il la reprend du commencement; et, peu soucieux de la vérité historique, qu'il sacrifie, sans pudeur, à l'intérêt romanesque, il représente Françoise et son beau-frère Paul comme de beaux, de gracieux, et d'aimables jeunes gens,

---

1. Voy. Fauriel, *Dante et les origines de la langue et de la littérature italiennes*, 1, p. 478-481.

bien dignes de s'aimer l'un l'autre. Il représente l'épouse adultère comme une toute jeune femme, qui venait d'être sacrifiée à son mari grossier, par l'ignoble ambition de son père, et qui, trompée d'abord et trompant à son tour son mari laid et homme sans valeur, lui rendit tout juste ce qu'il méritait pour sa laideur et pour sa nullité. Le récit du commentateur Boccacio est plus clair, plus romanesque, plus intéressant même que celui de son original; mais il est fait avec si peu d'intelligence de l'intention de Dante, que l'on se demande, tout d'abord, pourquoi le romancier n'a pas reproché au poëte d'avoir osé placer dans l'enfer deux amants aussi aimables et gracieux, qui, selon lui, auraient mérité qu'on leur eût assigné une place dans les cercles bienheureux du paradis céleste. Et voilà comment notre grand poëte est expliqué par certains écrivains, qui certes ne manquent pas de talent, mais qui ne se doutent pas que, pour comprendre l'œuvre d'un homme de génie, il ne suffit pas d'avoir du goût, et de savoir écrire de manière à amuser les gens du monde, mais qu'il faut avant tout avoir du sens moral, un jugement droit, et une intelligence éclairée par une forte et pénétrante érudition littéraire.

Le but essentiellement didactique de la Comédie, est non-seulement exprimé dans l'ensemble du poëme, et jusque dans les parties narratives de l'encadrement, il se révèle encore par la versification des terzines ou tercets, dont le poëte a fait choix pour son œuvre. Car ce genre de versification est particulier à la poésie didactique. En effet, les anciens Druides gaulois et bretons avaient l'habitude d'exprimer et de transmettre leur doctrine religieuse et morale dans des triades ou strophes de trois vers[1]. Même les traditions historiques, ou l'enseignement de faits traditionnels

---

1. Voy. Sharon Turner, *A vindication of the ancients british poems.*

était présenté sous cette forme de versification, qui s'est
conservée, au moyen âge, dans les triades historiques des
poëtes gallois. Lorsque les tribus tudesques se furent mêlées
à l'ancienne population gallo-romaine dans le midi de la
Gaule, le quatrain, ou la strophe de quatre vers, usitée dans
la poésie épique des peuples germaniques, s'introduisit dans
la poésie narrative provençale, et fut, dès lors, employée
pour le genre épique, à côté de la versification des terzines
usitée pour les sujets didactiques. Ensuite, par la réunion
de deux quatrains épiques, suivis de deux terzines didactiques, s'est formée, dans la poésie des Troubadours, la versification du sonnet. Cette réunion des deux genres de vers
convenait parfaitement à la nature double du sonnet, puisque ce genre de poésie se compose, quant au fond, de deux
parties distinctes. En effet, la première partie du sonnet est,
en quelque sorte, épique ou narrative; c'est ordinairement
l'exposé d'une aventure galante, ou le tableau d'une situation
amoureuse, au récit desquels sert et convient naturellement
la versification épique des deux quatrains. La seconde partie
du sonnet, au contraire, est, de sa nature, plus ou moins
didactique, puisqu'elle renferme, ordinairement, soit une
réflexion sur le fait ou la situation décrite dans la première
partie, soit un enseignement qui en résulte; de sorte qu'à
l'expression de cette réflexion ou de cet enseignement, convient la versification didactique des deux terzines. Dans la
suite des temps, la versification, moitié épique, moitié didactique du sonnet, en se dédoublant, a donné naissance à
deux genres de versification opposés l'un à l'autre, d'abord
à la versification adoptée pour la poésie *épique,* qui se forma
en Italie dès le douzième siècle, et ensuite à la versification
qui fut employée pour la poésie *didactique.* Ainsi les deux
quatrains ou les huit vers épiques du sonnet adoptés par les
poëtes siciliens du treizième siècle, produisirent plus tard

l'*ottava rima* de Boccacio, usitée dans la nouvelle poésie narrative, ou dans l'épopée italienne[1]. Les terzines didactiques du sonnet furent réservées pour les sujets d'enseignement, ou pour la poésie didactique proprement dite. Et voilà pourquoi Dante a choisi, pour son poëme essentiellement didactique, la versification des terzines. S'il avait entendu composer un poëme du genre épique, il aurait, comme les autres poëtes épiques, choisi pour son œuvre l'*ottava rima.* En n'employant que des terzines dans sa Comédie, il a donc indiqué, rien que par le choix de cette versification, qu'il entendait composer un poëme didactique.

Le caractère ou le but essentiellement didactique de la Comédie de Dante, qui a été méconnu généralement depuis le quatorzième siècle, a cependant été entrevu par quelques commentateurs; mais ces commentateurs se sont placés à des points de vue qui sont en dehors de la vérité, et ils sont partis de suppositions littéraires qui sont complétement inadmissibles. C'est ainsi que le système d'interprétation de Rosetti repose sur la supposition que Dante, conspirant contre la doctrine sacerdotale et la puissance monarchique établies de son temps, et voulant éviter ou s'épargner des persécutions tyranniques, a caché sa doctrine, ou son enseignement hérétique et révolutionnaire, sous un langage conventionnel, mystique, et intelligible seulement pour ceux qui étaient de son parti ou étaient initiés à son secret. Cette opinion de Rosetti méconnaît complétement et le caractère de Dante et celui de son poëme. Disons, pour la redresser, que Dante ne conspire jamais, mais qu'il enseigne toujours; il n'a pas besoin de conspirer, car il ne songe pas à intro-

---

1. L'origine de la *terza rima* et de l'*ottava rima,* sorties toutes les deux du dédoublement du sonnet, a déjà été reconnue par mon ancien collègue et très-regrettable ami *Edmond Arnould.* (Voy. *De l'Invention originale,* p. 75.)

duire secrètement dans le monde de nouveaux principes religieux et politiques; il veut, au contraire, ramener le monde, selon lui égaré et corrompu, aux principes anciens depuis longtemps connus de l'Évangile, aux principes du véritable christianisme. Dante n'est donc ni novateur ni conspirateur; il a tout au plus les intentions et l'allure décidée du réformateur, qui, comme tel, ne conspire pas en secret, mais agit ouvertement, et prêche sa doctrine du haut des toits. Dante réformateur, si l'on veut[1], mais d'une nature franche, loyale, ennemie du mensonge et de la lâcheté, parle toujours franchement, explicitement, librement. Homme de caractère avant tout, il ne craint personne, ni le pape, ni l'empereur; et il est de la trempe des martyrs, qui, au besoin, savent donner leur sang en témoignage de leur foi. Dante craint si peu de dire toute sa pensée, même aux puissants de la terre, qu'on lui reproche assez souvent ses paroles dures, adressées ouvertement aux papes et aux empereurs. Dante n'est pas non plus un mystique, qui se complaît dans des sentiments vagues, et dans un langage obscur et mystérieux; c'est une intelligence nette, lucide, précise, autant que le fut jamais docteur, savant, ou philosophe au moyen âge. Dante, il est vrai, comme tout poëte, quelque grande que soit son originalité, est toujours l'homme de son temps; il se sert, par conséquent, quelquefois du style allégorique usité au moyen âge; mais il le fait par exception, et seulement dans des circonstances, où le style *allégorique* s'annonce comme tel, où il est justifié par le sujet, et ne présente pas, pour être compris, des difficultés insurmontables au lecteur intelligent et érudit. Certes, le grand poëte florentin n'est pas intelligible pour tout lecteur, quel qu'il soit. Tristes écrivains que ceux qui sont à la portée de tout le monde! Les

---

1. F. X. Wegele, *Dante's Leben und Werke*, p. 433.

auteurs supérieurs demandent des lecteurs d'élite. La Comédie exige qu'on apporte à sa lecture non-seulement du goût, mais aussi une instruction suffisante. Il y a des lecteurs qui, pour cacher et excuser leur incapacité, attribuent à la prétendue obscurité du langage de Dante, l'impossibilité où ils sont de le comprendre. Mais la Comédie n'est pas une œuvre énigmatique, ni pour le fond ni pour le style. Dante ne s'est pas, de propos délibéré, enveloppé de ténèbres; il ne parle pas un langage mystérieux, puisqu'il n'est pas mystique de sa nature; et il n'a pas besoin de voiler sa pensée, puisque, contrairement à ce que croit Rosetti, il n'est ni conspirateur, ni révolutionnaire.

Il y a une autre classe de commentateurs, qui, par une espèce de syncrétisme exégétique, pensent que la Comédie, d'après la conception et l'intention de Dante, présente *deux* sens différents, un sens épique, qui est évident selon eux, et un sens moral, religieux et politique, qui, avec intention, est plus ou moins voilé. Ces littérateurs croient pouvoir citer, à l'appui de leur opinion, les paroles mêmes de Dante, lequel, dans sa lettre dédicatoire, adressée à Can le Grand della Scala, dit, au sujet de la signification de son poëme, que « la fin de l'ouvrage, de son ensemble, et de ses parties, peut être multiple, c'est-à-dire *voisine*, et *éloignée*. » Mais ces paroles n'énoncent pas que le poëme, d'après l'intention de l'auteur, renferme deux significations différentes. Pour le prouver, disons d'abord qu'en thèse générale, il est impossible qu'une œuvre de l'intelligence, devant satisfaire aux moindres conditions du beau, puisse avoir, d'après l'intention et la conception de l'auteur, deux sens différents également vrais; en d'autres termes, il est impossible que, par exemple, la signification morale ou métaphysique marche toujours parallèlement à la signification historique d'une narration, puisque les séries d'idées suivent une marche

logique autre en histoire, autre en morale, autre en métaphysique. Et cela est si vrai qu'une science ou une philosophie qui voudrait établir un parallélisme continuel entre les
faits de l'histoire et les vérités morales et métaphysiques,
n'aboutirait qu'à des analogies arbitraires et chimériques.
Dans la conception et l'intention de son auteur, une œuvre
de l'intelligence et de l'art ne peut donc avoir qu'un *seul*
sens. Ainsi les récits de l'Énéide n'ont qu'un seul sens, le
sens exprimé par la narration épique; la parabole de l'Enfant
prodigue, dans l'Évangile, n'a qu'un seul sens, le sens moral
exprimé par ce récit, qui est fait en vue de cette signification morale. Mais on comprend qu'à une série logique de
pensées, bien qu'elle n'ait naturellement qu'une seule signification, on puisse toujours donner artificiellement une ou
plusieurs autres significations arbitraires. Ainsi en mettant en
relief dans un récit historique, épique ou lyrique, certains faits
ou détails, et en en élaguant d'autres, on peut arriver à faire
de ce récit une espèce de parabole, et lui prêter une signification morale qu'il n'avait pas dans la pensée de l'auteur.
C'est ainsi que les Soufis de la Perse pourraient trouver
dans les chansons d'Anacréon, aussi bien que dans les chansons bachiques et érotiques de Hâfis et de Djâmi, l'expression de l'amour divin et de l'enthousiasme spiritualiste. En
un mot, en dehors de l'explication *vraie* d'une œuvre d'intelligence, il peut y avoir plusieurs interprétations fausses
et arbitraires. D'après cela, si Dante, dans sa lettre à Can le
Grand, dit que son poëme peut présenter un sens voisin ou
littéral, et un sens éloigné ou moral, il n'entend pas dire que,
d'après sa conception, la Comédie a réellement deux sens
également vrais; il dit simplement que des lecteurs peu in-
telligents ne verront peut-être dans son œuvre que le récit
de son voyage dans l'autre monde, ou, comme s'exprime
Dante dans cette même lettre (§ 11), ils s'en tiendront à la

description faite de « *l'état des âmes après la mort,* » à peu
près comme les enfants ne voient dans les paraboles de
l'Évangile, ou dans les fables de La Fontaine, que les faits racontés, sans en apercevoir toujours la seule et vraie signification, la signification *morale.* Dante prévoit (et en cela il
ne s'est pas trompé) que beaucoup de lecteurs de la Comédie
ignoreront que la partie narrative du poëme, ou le récit du
voyage dans l'autre monde, n'est que le moyen littéraire employé pour exprimer poétiquement ce qui forme le fond ou
le but véritable du poëme ; et il dit que *le but de l'ouvrage
est de détourner les vivants, dans cette vie, de l'état de
misère, et de les conduire à l'état de félicité* (§ 15), ce qui
signifie que la Comédie n'a qu'un sens et qu'un but, le sens
et le but didactiques, consistant dans l'enseignement des
principes de l'ordre social, moral et religieux, lesquels,
d'après l'esprit de Béatrice, cette personnification du génie
du christianisme, rendent l'homme heureux sur cette terre,
et bienheureux dans l'éternité. Nous apprenons donc de
la bouche de Dante lui-même, que sa Comédie n'est pas un
poëme épique ou narratif, qu'elle est essentiellement didactique, qu'elle n'a pas deux significations également véritables, qu'elle n'en a réellement qu'une seule, savoir la signification sociale, morale, et politique, indiquée par le poëte.

Dante, en concevant son poëme dans un but moral et
politique, c'est-à-dire, général et pratique, n'a pas seulement
écrit, comme le pense Rosetti, pour des conjurés et des affi-
liés, ni même pour une certaine classe de la société, tels
que les théologiens, les savants, ou les philosophes ; il s'est
adressé directement à tous ses compatriotes sans exception,
et indirectement aux hommes et aux nations en général.
C'est en vue de ses compatriotes qu'il a composé son poëme
didactique, non en langue latine, comme il avait commencé
à le faire dans son premier poëme projeté, mais en langue

vulgaire, bien qu'il ait accordé (pendant un certain temps du moins) à l'idiome latin la supériorité littéraire sur la langue italienne. Il en jugeait longtemps ainsi, parce que, au moyen âge, de même qu'on subordonnait les laïques aux ecclésiastiques, de même on subordonnait aussi la langue populaire ou vulgaire à l'idiome latin, qui était la langue de l'Église. Les mémoires, dans les affaires publiques, dans l'administration, et dans la diplomatie, étant rédigés en langue latine, comme les ouvrages théologiques, on croyait qu'en littérature aussi les sujets élevés et importants devaient être traités dans cet idiome. Ensuite, comme les poésies mondaines en langue vulgaire étaient naturellement subordonnées aux chants sacrés et aux hymnes latines de l'Église, on distinguait aussi entre les représentations scéniques des sujets sacrés de l'Ancien et du Nouveau Testament, ou de l'histoire des saints d'un côté, et les sujets profanes du théâtre populaire de l'autre. L'usage s'établit donc ensuite encore de désigner toutes les représentations *sacrées,* sous le nom littéraire de *tragédies,* et les représentations profanes, de quelque nature qu'elles fussent, sous celui de *comédies.* Enfin on en vint à appeler *tragique* toute composition littéraire en langue latine, et à nommer *comique* toute production littéraire en langue vulgaire. On comprend d'après cela que Dante, ayant composé son poëme en langue italienne, crut devoir lui donner le titre de *Comédie,* lequel indiquait d'abord seulement le genre littéraire ou profane auquel cette œuvre appartenait. Dans la suite il justifia le choix de ce titre encore par deux raisons subsidiaires, par une raison se rapportant au fond du poëme, et par une autre puisée dans le sentiment de sa modestie de poëte. En effet, il croyait que le titre de *Comédie* convenait à son poëme, d'abord parce que cette œuvre, comme la comédie des anciens, se terminait d'une manière *heureuse,* par la vue des béatitudes, qui lui fut accordée au paradis céleste, après la vue des tourments de l'enfer, et ensuite parce que ce poëme, étant composé en langue *vulgaire*, et par conséquent appartenant au genre appelé *comique*, était jugé par Dante comme étant d'une valeur poétique de beaucoup inférieure aux œuvres classiques de l'antiquité, et particulièrement à l'Énéide de Virgile, à laquelle, vu sa beauté supérieure, notre poëte donna le titre de *Tragédie* (v. *Enfer*, chant 20). Mais malgré le titre modeste de Comédie, et bien que ce poëme ne fût que très-imparfaitement compris au quatorzième siècle, tous les lecteurs reconnurent cependant dans Dante un grand et puissant génie poétique; et employant une épithète hyperbolique, familière aux peuples méridionaux, enthousiastes par tempérament, on appela Dante *il poëta divino* (le poëte divin). Au quinzième siècle, on appliqua cette épithète de divin non plus seulement à l'auteur, mais aussi à son œuvre, de sorte que, dans l'édition publiée par Bernardo Stagnino, en 1516, le poëme de Dante fut intitulé *la Divina Commedia* (la Comédie divine), titre que depuis on a rendu en français d'une manière infidèle, par celui de *La divine Comédie*, inversion qui exprime une idée sensiblement différente. Une critique juste et judicieuse, connaissant la distance infinie qui sépare Dieu de l'homme, ne donnera jamais l'épithète de divin à une œuvre humaine, quelque sublime qu'elle soit. Mais si l'on prend cette épithète pour ce qu'elle doit être, pour l'expression hyperbolique d'une admiration réelle, on trouve que cette admiration est pleinement justifiée par la valeur poétique de la Comédie divine. En effet, nul autre poëme du moyen âge, en Italie, en France, en Espagne, en Angleterre, et en Allemagne, ne saurait être opposé, et comparé à l'œuvre hors ligne de Dante. La Comédie, nous l'avons vu, traite le sujet le plus élevé, le plus compréhensif, et le plus important qu'ait jamais exposé un poëme didactique. De plus, Dante a l'avantage d'avoir vécu à une époque où le dogme et la philosophie ne s'étaient pas encore séparés l'un de l'autre, mais se prêtaient encore un mutuel appui, de sorte que la doctrine de Dante a un caractère net, précis, et positif, que ne pouvait pas avoir la doctrine sceptique, négative, et antimétaphysique du *De rerum natura*, de Lucrèce, ni l'enseignement de la science trop vague, et dépourvue d'idées neuves et originales, du *Faust* de Gœthe. Quant à la question de savoir si les doctrines de Dante ont été orthodoxes ou non, elle ne saurait préoccuper ceux qui jugent de la vérité d'une doctrine, uniquement d'après l'état et les données actuels de la science complétement indépendante. Orthodoxes ou non, les doctrines de Dante ne sauraient être acceptées par la science du dix-neuvième siècle, que sous bénéfice d'inventaire. Dante se trouve dans le même cas que tous les grands poëtes et écrivains des temps passés, et même des temps modernes, que nous admirons, en faisant quelques réserves concernant leur religion, leurs mœurs, leurs idées, leurs passions, qui ne sont plus les nôtres, mais auxquelles nous savons nous accommoder par tolérance religieuse, philosophique, et scientifique. Mais il y a dans Dante, comme dans tous les grands écrivains, à côté des idées et des passions de leur époque, des vérités morales et psychologiques qui plaisent dans tous les temps, et qui sont la partie vraiment *édifiante* de leurs œuvres. En lisant la Comédie divine, nous sommes édifiés du commencement à la fin, c'est-à-dire que nous nous sentons élargis dans notre intelligence, et agrandis et améliorés dans notre âme; et cette édification est, selon nous, le seul critérium infaillible de la grande et véritable poésie. Ce n'est donc pas par une admiration de commande et de convention, mais par une conviction raisonnée et sincère, que nous résumons notre jugement sur Dante, en disant qu'il est non-seulement le plus grand poëte du moyen âge, mais un des plus éminents poëtes.

de l'humanité. Ajoutons qu'il n'est pas seulement un homme de génie, mais encore un grand homme, c'est-à-dire un homme grand par son caractère, son intégrité, et son énergie morale.